견우의 노래

서정주 시집

좋은날

사랑이란 어느날 문득, 갑자기 찾아오는 것.
늙은 나에게 사랑은 한편의 詩다.

未堂 서 정 주

1 水路夫人은 얼마나 이뻤는가

牧丹꽃 피는 午後2

3 蓮꽃 만나고 가는 바람같이

무슨 꽃으로 문지르는 가슴이기에4

이젠 자네와 내 주름살만큼이나 많은 그 골진 사랑의 떼들을
데리고 우리 어린날같이 다시 만나세. 갓트인 蓮연봉오리에
낮 미련내도 실었던 우리들의 어린날같이 다시 만나세.

「편지」 중에서

1

수로부인은 얼마나 이뻤는가?

대낮

따서 먹으면 자는듯이 죽는다는
붉은 꽃밭새이 길이 있어

핫슈 먹은듯 취해 나자빠진
능구렝이같은 등어릿길로,
님은 다라나며 나를 부르고……

强ᄀ한 향기로 흐르는 코피
두손에 받으며 나는 쫓느니

밤처럼 고요한 끌른 대낮에
우리 둘이는 웬몸이 달어…

* 핫슈 — 阿片아편의 一種일종.

麥夏

黃土_{황토} 담 넘어 돌개울이 타
罪_죄 있을듯 보리 누른 더위―
날카론 왜낫(鎌_겸) 시렁우에 거러노코
오매는 몰래 어듸로 갔나

바윗속 山_산되야지 식 식 어리며
피 흘리고 간 두럭길 두럭길에
붉은옷 닙은 문둥이가 우러

땅에 누어서 배암같은 게집은
땀흘려 땀흘려
어지러운 나ㄹ 업드리었다.

입마춤

가시내두 가시내두 가시내두 가시내두
콩밭 속으로만 작구 다라나고
울타리는 막우 자빠트려 노코
오라고 오라고 오라고만 그러면

　　　　　　　　．

사랑 사랑의 石榴석류꽃 낭기 낭기
하누바람 이랑 별이 모다 웃습네요
풋풋한 山산노루떼 언덕마다 한마릿식
개고리는 개고리와 머구리는 머구리와

　　　　　　　　．

구비 江강물은 西天서천으로 흘러 나려……

땅에 긴 긴 입마춤은 오오 몸서리친
쑥니풀 지근지근 니빨이 히허여케
즘생스런 우슴은 달드라 달드라 우름가치
달드라.

가시내

눈물이 나서 눈물이 나서
머리깜어 느리여도 능금만 먹곺어서
어쩌나……하늬바람 울타리한 달밤에
한집웅 박아지꽃 허이여케 피었네
머언 나무 닢닢의 솟작새며, 벌레며, 피릿소리며,
노루우는 달빛에 기인 댕기를.
山산봐도 山산보아도 눈물이 넘처나는
蓮順연순이는 어쩌나…… 입술이 붉어 온다.

密語

순이야. 영이야. 또 도라간 남아.

굳이 잠긴 재ㅅ빛의 문을 열고 나와서
하눌ㅅ가에 머무른 꽃봉오리ㄹ 보아라

한없는 누예실의 올과 날로 짜 느린
채일을물은듯, 아늑한 하눌ㅅ가에
뺨 부비며 열려있는 꽃봉오리ㄹ 보아라

순이야. 영이야. 또 돌아간 남아.

저,
가슴같이 따뜻한 삼월의 하눌ㅅ가에
인제 바로 숨 쉬는 꽃봉오리ㄹ 보아라

水帶洞詩

흰 무명옷 가라입고 난 마음
싸늘한 돌담에 기대어 서면
사뭇 숫스러워지는 생각, 高句麗고구려에 사는듯
아스럼 눈감었든 내넋의 시골
별 생겨나듯 도라오는 사투리.

등잔불 벌서 키어 지는데……
오랫동안 나는 잘못 사렀구나.
샤알 · 보오드레ー르처럼 설ㅅ고 괴로운 서울 女子여자를
아조 아조 인제는 잊어버려,

仁旺山인왕산그늘 水帶洞수대동 十四 십사번지
長水江장수강 뻘밭에 소금 구어먹든
曾祖증조하라버짓적 흙으로 지은집
오매는 남보단 조개를 잘줍고
아버지는 등짐 서룬말 졌느니

여긔는 바로 十年십년전 옛날
초록 저고리 입었든 금女녀, 꽃각시 비녀하야 웃든

三月삼월의 금女녀, 나와 둘이 있든곳.

머잖어 봄은 다시 오리니
금女녀 동생을 나는 얻으리
눈섭이 검은 금女녀 동생,
얻어선 새로 水帶洞수대동 살리.

無等을 보며

가난이야 한낱 襤褸남루에 지내지않는다
저 눈부신 햇빛속에 갈매빛의 등성이를 드러내고 서있는
여름 山산같은
우리들의 타고난 살결 타고난 마음씨까지야 다 가릴수
있으랴

靑山청산이 그 무릎아래 芝蘭지란을 기르듯
우리는 우리 새끼들을 기를수밖엔 없다
목숨이 가다 가다 농울쳐 휘여드는
午後오후의때가 오거든
內外내외들이여 그대들도
더러는 앉고
더러는 차라리 그 곁에 누어라

지어미는 지애비를 물끄럼히 우러러보고
지애비는 지어미의 이마라도 짚어라

어느 가시덤풀 쑥굴헝에 뇌일지라도

우리는 늘 玉옥돌같이 호젓이 무쳤다고 생각할일이요
靑苔청태라도 자욱이 끼일일인것이다.

* 無等무등 ── 湖南호남 光州광주의 山名산이름.

내리는 눈발속에서는

괜, 찬, 타, ……
괜, 찬, 타, ……
괜, 찬, 타, ……
괜, 찬, 타, ……
수부룩이 내려오는 눈발속에서는
까투리 매추래기 새끼들도 깃들이어 오는 소리. ……
괜찬타, ……괜찬타, ……괜찬타, ……괜찬타, ……
폭으은히 내려오는 눈발속에서는
낯이 붉은 處女처녀아이들도 깃들이어 오는 소리. ……

울고
웃고
수구리고
새파라니 얼어서
運命운명들이 모두다 안끼어 드는 소리. ……

큰놈에겐 큰눈물 자죽, 작은놈에겐 작은 웃음 흔적,
  큰이얘기 작은이얘기들이 오부록이 도란그리며 안끼어
오는 소리. ……

괜찮타, ……
괜찮타, ……
괜찮타, ……
괜찮타, ……

끊임없이 내리는 눈발속에서는
山산도 山산도 靑山청산도 안끼어 드는 소리. ……

老人獻花歌

「붉은 바위ㅅ가에
잡은 손의 암소 놓고,
나ㄹ 아니 부끄리시면
꽃을 꺾어 드리리다」

이것은 어떤 신라의 늙은이가
젊은 여인네한테 건네인 수작이다.

「붉은 바윗ㅅ가에
잡은 손의 암소 놓고,
나ㄹ 아니 부끄리시면
꽃을 꺾어 드리리다」

햇빛이 포근한 날 —— 그러니까 봄날,
진달래꽃 고운 낭떠러지 아래서
그의 암소를 데리고 서 있던 머리 흰 늙은이가
문득 그의 앞을 지나는 어떤 남의 안사람보고
한바탕 건네인 수작이다.

자기의 흰 수염도 나이도
다아 잊어버렸던 것일까?

물론
다아 잊어버렸었다.

남의 아내인 것도 무엇도
다아 잊어버렸던 것일까?

물론
다아 잊어버렸었다.

꽃이 꽃을 보고 웃듯이 하는
그런 마음씨 밖엔, 아무것도 가진 것이 없었었다.

                          *

騎馬기마의 남편과 同行者동행자 틈에
여인네도 말을 타고 있었다.

「아이그마니나 꽃도 좋아라
그것 나 조끔만 가져 봤으면」

꽃에게론 듯 사람에게론 듯
또 공중에게론 듯

말 위에 갸우뚱 여인네의 하는 말을
남편은 숙맥인 양 듣기만 하고,
同行者동행자들은 또 그냥 귓전으로 흘려 보내고,
오히려 남의 집 할아비가 지나다가 귀動鈴동낭하고
도맡아서 건네는 수작이었다.

「붉은 바위ㅅ가에
잡은 손의 암소 놓고,
나ㄹ 아니 부끄리시면
꽃을 꺾어 드리리다」

꽃은 벼랑 위에 있거늘,
그 높이마저 그만 잊어버렸던 것일까?

물론
여간한 높낮이도
다아 잊어버렸었다.
한없이
맑은
空氣공기가
요샛말로 하면 —— 그 空氣공기가
그들의 입과 귀와 눈을 적시면서
그들의 말씀과 수작들을 적시면서
한없이 親친한 것이 되어가는 것을
알고 또 느낄 수 있을 따름이었다.

편지

내 어릴 때의 친구 淳實순실이.
생각하는가
아침 山골에 새로 나와 밀리는 밀물살 같던
우리들의 어린 날,
거기에 매어 띄웠던 그네〔鞦韆추천〕의 그리움을?

그리고 淳實순실이.
시방도 당신은 가지고 있을 테지?
연약하나마 길 가득턴 그 때 그 우리의 사랑을.

그 뒤,
가냘픈 날개의 나비처럼 헤매 다닌 나는
산나무에도 더러 앉았지만,
많이는 죽은 나무와 진펄에 날아 앉아서 지내왔다.

淳實순실이.
이제는 주름살도 꽤 많이 가졌을 淳實순실이.
그 잠자리같이 잘 비치는 눈을 깜박거리면서
시방은 어느 모래 沙場사장에 앉아 그 소슬한 翡翠비취의

별빛을 펴는가.

　죽은 나무에도 산 나무에도 거의 다 앉아 왔거든
　난들에도 구렁에도 거의 다 앉아 왔거든
　이젠 자네와 내 주름살만큼이나 많은 그 골진 사랑의 떼
들을 데리고
　우리 어린날같이 다시 만나세.
　갓트인 蓮연봉오리에 낮 미린내도 실었던
　우리들의 어린날같이 다시 만나세.

　* 미린내 : 銀河은하

秋夕

대추 물 드리는 햇볕에
눈 맞추어
두었던 눈섭.

고향 떠나올때
가슴에 끄리고 왔던 눈섭.

열두 자루 匕首비수 밑에
숨기어져
살던 눈섭.

匕首비수들 다 녹 슬어
시궁창에
버리던 날,

삼시 세끼 굶은 날에
역력하던
너의 눈섭.

안심찮아
먼 山산 바위
박아 넣어 두었더니

달아 달아 밝은 달아

秋夕추석이라
밝은 달아
너 어느 골방에서
한잠도 안자고 앉었다가
그 눈섭 꺼내 들고
기왓장 넘어 오는고.

눈 오시는 날

내 戀人연인은 잠든지 오래다.
아마 한 千年천년쯤 전에……

그는 어디에서 자고 있는지,
그 꿈의 빛만을 나한테 보낸다.

분홍, 분홍, 연분홍, 분홍,
그 봄 꿈의 진달래꽃 빛갈들.

다홍, 다홍, 또 느티나무 빛,
짙은 여름 꿈의 소리나는 빛갈들.

그리고 인제는 눈이 오누나……
눈은 와서 내리 싸이고,
우리는 제마닥 뿔뿔히 혼자인데

아 내곁에 누어있는 여자여.
네 손톱속에 떠오르는 초생달에
내 戀人연인의 꿈은 또 한번 비친다.

木花

누님.
눈물 겨웁습니다

이, 우물 물같이 고이는 푸름 속에
다수굿이 젖어있는 붉고 흰 木花목화 꽃은,
누님.
누님이 피우셨지요?

퉁기면 울릴듯한 가을의 푸르름엔
바윗돌도 모다 바스라저 네리는데……

저, 魔藥마약과 같은 봄을 지내여서
저, 無知무지한 여름을 지내여서
질갱이 풀 지슴ㅅ길을 오르 네리며
허리 굽흐리고 피우셨지요?

가벼히

애인이여
너를 맞날 약속을 인젠 그만 어기고
도중에서
한눈이나 좀 팔고 놀다 가기로 한다.
너 대신
무슨 풀잎사귀나 하나
가벼히 생각하면서
너와 나 새이
절깐을 짚더래도
가벼히 한눈 파는
풀잎사귀 절이나 하나 짚어 놓고 가려한다.

내 아내

나 바람 나지 말라고
아내가 새벽마다 장독대에 떠 놓은
삼천 사발의 냉숫물.

내 **襤褸**남루와 피리 옆에서
삼천 사발의 냉수 냄새로
항시 숨쉬는 그 숨결 소리.

그녀 먼저 숨을 거둬 떠날 때에는
그 숨결 달래서 내 피리에 담고,

내 먼저 하늘로 올라가는 날이면
내 숨은 그녀 빈 사발에 담을까.

詩論

바다속에서 전복따파는 濟州海女제주해녀도
제일좋은건 님오시는날 따다주려고
물속바위에 붙은그대로 남겨둔단다.
詩시의전복도 제일좋은건 거기두어라.
다캐어내고 허전하여서 헤매이리요?
바다에두고 바다바래여 詩人시인인것을…….

水路夫人은 얼마나 이뻤는가?

그네가 봄날에 나그네길을 가고 있노라면,
天地천지의 수컷들을 모조리 惱殺뇌살하는
그 美미의 瑞氣서기는
하늘 한복판 깊숙이까지 뻗쳐,
거기서 노는 젊은 神仙신선들은 물론,
솔 그늘에 바둑 두던 늙은 神仙신선까지가
그 引力인력에 끌려 땅 위로 불거져 나와
끌고 온 검은 소니 뭐니
다 어디다 놓아 두어 뻐리고
철쭉꽃이나 한 가지 꺾어 들고 덤비며
청을 다해 노래 노래 부르고 있었네.
또 그네가 만일
바닷가의 어느 亭子정자에서
도시락이나 먹고 앉었을라치면,
쇠붙이를 빨아들이는 磁石자석 같은 그 美미의 引力인력은
千천 길 바다 속까지 뚫고 가 뻗쳐,
징글 징글한 龍王용왕이란 놈까지가
큰 쇠기둥 끌려 나오듯
海面해면으로 이끌려 나와

이판사판 그네를 둘쳐업고
물 속으로 깊이 깊이 깊이
잠겨 버리기라도 해야만 했었네.

그리하여
그네를 잃은 모든 山野산야의 男丁남정네들은
저마다 큰 몽둥이를 하나씩 들고 나와서
바다에 잠긴 그 아름다움 기어코 다시 뺏어 내려고
海岸線해안선이란 海岸線해안선은 모조리모조리 亂打난타해
대며
갖은 暴力폭력의 데모를 다 벌이고 있었네.

——『三國遺事삼국유사』第二卷제2권,『水路夫人수로부인』條조.

* 統一新羅통일신라의 聖德王성덕왕 때의 이 美女미녀 水路수로는 可謂가위 〈傾天경천 · 傾海경해 · 傾國之色경국지색〉까지가 되는 것이니, 중국에서 옛부터 王昭君왕소군이니 西施서시니 趙飛燕조비연이니 楊貴妃양귀비니 하는 미녀를 보고 〈傾國之色경국지색〉이라고 흩으로 표현해온 따위는 우리 水路수로의 美미의 표현의 발꿈치에도 감히 따르지 못할 일이었던 것만 같도다.

그리고 「三國遺事삼국유사」나 그 밖의 옛 역사책에서 이런 類류의 이야기들을 읽는 학생들에게 특히 간절히 당부하고 싶은 것은 「龍용이 바다 속으로 업고 들어갔으면 어떻게 살아 남지? 그러니 이런 건 현대와는 관계가 있을 수 없는 케케묵은 옛날 이얘길 뿐이란 말이야.」 어쩌고 해 버리지 말고, 「일테면 그럴 만큼 이뻤었다.」는 上代隱喩상대 은유의 은근한 맛을 이해해 맛보아내야 한다는 것이다.

에짚트의 蓮꽃

해의 신 〈라아〉가
으뜸으로 아끼는 못물이 고향인
에짚트의 蓮연꽃은
물론 그 묘한 향기로
늘
〈라아〉의 콧구먹을 맛사지하는 게
첫째로 맡어 하는 중요한 일이지만,
또 〈라아〉의 온몸의 살들까지도
언제나 이어서 잘 맛사지를 하신다.

그리고
그녀를 좋아하는
누구거나
어느 껏이거나
遠近원근을 가리지 않고 찾어다니며
아조 잘 맛사지를 하신다.

〈카이로〉의 〈기자〉의 피라믿들 꼭대기에서도,
스핑스의 사타구니 언저리서도,

나일江강의 맴도는 구석과 구석,
사막의 모래알들 속에서까지도
항상
그 향기의 맛사지를 잘하신다.

시베리아 항공편

시베리아 동쪽의 외딴집에서 홀로 살다가
단벌 겨울외투를 도적맞은 처녀는
그걸 찾으러 서쪽으로 서쪽으로
끝없이 걸어서 오고,
나는 깡캄한 이 시베리아의 밤하늘을
서쪽에서 동으로 동으로 날아가고 있었다.

그 처녀는 그 외투는 찾지 못하고
그 어디메 으시시한 벌판에서
늑대떼에게 찢기어 피흘리고 죽더니만,
그 핏자국에서
한 송이 풀꽃이 되어 피어나서,
그걸 따먹은
어느 암곰의 새끼가 되어 새로 태여나더니,

어느 사인지
우리 단군할아버지의 어머니 지망자 같은
어여쁜 처녀가 다시 되어 가지고는
손톱도 발톱도 잘 깎고 지내더니만,

어느 결에 내 시선을 느꼈음인지

문득
하늘의 곰자리별로 둔갑해 올라와 가지곤
내 앉은자리의 유리창으로
들어오고 들어오고 들어오고만 있었다.

오-우리들의 그리움을 위하여서는 푸른 銀河_{은하}ㅅ물이 있어
야 하네 도라서는 갈수없는 오롯한 이 자리에 불타는 홀몸만
이 있어야 하네!

「견우의 노래」 중에서

2

목단꽃 피는 오후

푸르른 날

눈이 부시게 푸르른 날은
그리운 사람을 그리워 하자

저기 저기 저, 가을 꽃 자리
초록이 지쳐 단풍 드는데

눈이 나리면 어이 하리야
봄이 또오면 어이 하리야

내가 죽고서 네가 산다면!
네가 죽고서 내가 산다면?

눈이 부시게 푸르른 날은
그리운 사람을 그리워 하자

牽牛의 노래

우리들의 사랑을 위하여서는
이별이, 이별이 있어야 하네

높었다, 낮었다, 출렁이는 물ㅅ살과
물ㅅ살 몰아 갔다오는 바람만이 있어야하네.

오―우리들의 그리움을 위하여서는
푸른 銀河은하ㅅ물이 있어야 하네.

도라서는 갈수없는 오롯한 이 자리에
불타는 홀몸만이 있어야 하네!

織女직녀여, 여기 번쩍이는 모래 밭에
돋아나는 풀싹을 나는 세이고………

허이언 허이언 구름 속에서
그대는 베틀에 북을 놀리게.

눈섭같은 반달이 중천에 걸리는

七月 七夕칠월칠석이 도라오기까지는,

검은 암소를 나는 먹이고
織女직녀여, 그대는 비단을 짜ㅎ세.

石窟庵觀世音의 노래

그리움으로 여기 섰노라
湖水호수와 같은 그리움으로,

이 싸늘한 돌과 돌 새이
얼크러지는 칙넌출 밑에
푸른 숨결은 내것이로다.

세월이 아조 나를 못쓰는 띠끌로서
허공에, 허공에, 돌리기까지는
부푸러오르는 가슴속에 波濤파도와
이 사랑은 내것이로다.

오고 가는 바람속에 지새는 나달이여.
땅속에 파무친 찬란헌 서라벌.
땅속에 파무친 꽃같은 男女남녀들이여.

오―생겨 났으면, 생겨 났으면,
나보단도 더 나를 사랑하는 이
千年천년을, 千年천년을, 사랑하는 이

새로 해ㅅ볕에 생겨 났으면

새로 해ㅅ볕에 생겨 나와서
어둠속에 나ㄹ 가게 했으면,

사랑한다고……사랑한다고……
이 한마디ㅅ말 님께 아뢰고, 나도,
인제는 바다에 도라갔으면!

허나 나는 여기 섰노라.
앉어 게시는 釋迦석가의 곁에
허리에 쬐그만 香囊향낭을 차고

이 싸늘한 바위ㅅ속에서
날이 날마다 드리쉬고 내쉬이는
푸른 숨ㅅ결은
아, 아직도 내것이로다.

아지랑이

아지랑이가 피어 오른다
설고도 어지러운 사랑의 모습처럼
녀릿 녀릿 흔들리며 피어 오른다

孔德洞공덕동에 피어오르는 아지랑이는
孔德洞공덕동에 사는이의 사랑의 모습.
萬里洞만리동에 피어오르는 아지랑이는
萬里洞만리동에 사는이의 사랑의 모습.

順순이네가 사는집 집웅우에선
順순이네 아지랑이 피어 오르고
福童복동이가 사는집 집웅우에선
福童복동이네 아지랑이 피어 오르고

누이야 네 繡수놓는 방에서는
네 繡수놓는 아지랑이,
네 두 눈에 맑은 눈물방울이 고이면
맑은 눈물방울이 고이는 아지랑이 피어 오르고

〈그립다〉 생각하면
〈그립다〉 생각하는 아지랑이,
〈아!〉 하고 또 속으로 소리치면
〈아!〉 하고 또 속으로 소리치는 아지랑이,

아지랑이가 피어 오른다.
설고도 어지러운 사랑의 모습처럼
녀릿 녀릿 흔들리며 피어 오른다

新綠

어이 할꺼나
아 — 나는 사랑을 가졌어라
남 몰래 혼자서 사랑을 가졌어라!

천지엔 이제 꽃닢이 지고
새로운 녹음이 다시 돋아나
또 한번 나 — ㄹ 에워싸는데

못견디게 서러운 몸짓을 허며
붉은 꽃닢은 떨어져 나려
펄펄펄 펄펄펄 떨어져 나려

新羅신라 가시내의 숨결과 같은
新羅신라 가시내의 머리털 같은
풀밭에 바람속에 떨어져 나려

올해도 내앞에 흩날리는데
부르르 떨며 흩날리는데……

아 — 나는 사랑을 가졌어라
꾀꼬리처럼 울지도 못할
기찬 사랑을 혼자서 가졌어라

다시 밝은날에
―春香의 말 貳

신령님…….

처음 내 마음은
수천만마리
노고지리 우는 날의 아지랑이 같었읍니다

번쩍이는 비눌을 단 고기들이 헤염치는
초록의 강 물결
어우러저 날르는 애기 구름 같었읍니다

신령님…….

그러나 그의 모습으로 어느날 당신이 내게 오셨을때
나는 미친 회오리 바람이 되였읍니다
쏟아저 네리는 벼랑의 폭포
쏟아저 네리는 쏘내기비가 되였읍니다

그러나 신령님…….
바닷물이 적은 여울을 마시듯이

당신은 다시 그를 데려가고
그 휑—ㄴ한 내 마음에
마지막 타는 저녁 노을을 두셨읍니다
그러고는 또 기인 밤을 두셨읍니다

신령님…….

그리하여 또 한번 내위에 밝는 날
이제
산ㅅ골에 피어나는 도라지 꽃같은
내 마음의 빛갈은 당신의 사랑입니다

기다림

내 기다림은 끝났다.
내 기다리던 마지막 사람이
이 대추 굽이를 넘어간 뒤
인젠 내게는 기다릴 사람이 없으니.

지나간 小滿소만의 때와 맑은 가을날들을
내 이승의 꿈잎사귀, 보람의 열매였던
이 대추나무를
인제는 저승 쪽으로 들이밀꺼나.
내 기다림은 끝났다.

四十

池塘지당 앞에 앉을개가 둘이 있어서
네 옆에 가까이 내가 앉아 있긴 했어도
〈사랑한다〉 그것은 말씀도 아닌
벙어릿 속의 오르막 音階음계의 메아리들 같아서
그렇게 밖엔 아무것도 더하지도 못하고
한 音階음계씩 차근차근 올라가고만 있었더니,
너 어디까지나 따라왔던 것인가
한식경 뒤엔 벌써 거기 자리해 있진 않았다.

그 뒤부터 나는 散步路산보로를 택했다.
처음엔 이 池塘지당을 비켜 꼬부라져 간 길로,
그 다음에는 이 길을 비켜 또 꼬부라져 간 길로,
그 다음에는 그 길에서 또 멀리 꼬부라져 간 길로.

그런데 요즘은 아침 散策산책을 나가면
아닌게 아니라 池塘지당 쪽으로 또 한번 가 볼 생각도
가끔가끔 걸어가다 나기는 한다.

因緣說話調

언제든가 나는 한 송이의 모란꽃으로 피어 있었다.
한 예쁜 처녀가 옆에서 나와 마주 보고 살았다.

그 뒤 어느날
모란꽃잎은 떨어져 누워
메말라서 재가 되었다가
곧 흙하고 한세상이 되었다.
그래 이내 처녀도 죽어서
그 언저리의 흙 속에 묻혔다.
그것이 또 억수의 비가 와서
모란꽃이 사위어 된 흙 위의 재들을
강물로 쓸고 내려가던 때,
땅 속에 괴어 있던 처녀의 피도 따라서
강으로 흘렀다.

그래, 그 모란꽃 사윈 재가 강물에서
어느 물고기의 배로 들어가
그 血肉혈육에 자리했을 때,
처녀의 피가 흘러가서 된 물살은

그 고기 가까이서 출렁이게 되고,
그 고기를, ——그 좋아서 뛰던 고기를
어느 하늘가의 물새가 와 채어 먹은 뒤엔
처녀도 이내 햇볕을 따라 하늘로 날아올라서
그 새의 날개 곁을 스쳐다니는 구름이 되었다.

그러나 그 새는 그 뒤 또 어느날
사냥꾼이 쏜 화살에 맞아서,
구름이 아무리 하늘에 머물게 할래야
머물지 못하고 땅에 떨어지기에
어쩔 수 없이 구름은 또 소나기 마음을 내 소나기로 쏟아
져서
그 죽은 샐 사 간 집 뜰에 퍼부었다.
그랬더니, 그 집 두 양주가 그 새고길 저녁상에서 먹어
消化소화하고
이어 한 嬰兒영아를 낳아 養育양육하고 있기에,
뜰에 내린 소나기도
거기 묻힌 모란씨를 불리어 움트게 하고
그 꽃대를 타고 올라오고 있었다.

그래 이 마당에
現生현생의 모란꽃이 제일 좋게 핀 날,
처녀와 모란꽃은 또 한 번 마주 보고 있다만,
허나 벌써 처녀는 모란꽃 속에 있고
前전날의 모란꽃이 내가 되어 보고 있는 것이다.

쑥국새 打鈴

애초부터天國천국의사랑으로서
사랑하여사랑한건아니었었다
그냥그냥네속에담기어있는
그냥그냥네몸에실리어있는
네天國천국이그리워竊盜절도했던건
아는사람누구나다아는일이다
아내야아내야내달아난아내
쑥국보단天國천국이더좋은줄도
젖먹이가나보단널더닮은줄도
어째서모르겠나두루잘안다
그러니딸꾹울음하고있다가
딸꾹질로바스라져가루가되어
날다가또네근방달라붙거든
옛살던情分정분으로너무털지말고서
下八潭上八潭하팔담상팔담서옛날하던그대로
또한번그어디만큼묻어있게해다오

님은 주무시고

님은
주무시고,
나는
그의 벼갯모에
하이옇게 繡_수놓여 날으는
한마리의 鶴_학이다.

그의 꿈 속의 붉은 寶石_{보석}들은
그의 꿈 속의 바다 속으로
하나 하나 떠러져 내리어 가라앉고

한 寶石_{보석}이 거기 가라앉을 때마다
나는 언제나 한 이별을 갖는다.

님이 자며 벗어놓은 純金_{순금}의 반지
그 가느다란 반지는
이미 내 하늘을 둘러 끼우고

그의 꿈을 고이는

그의 벼갯모의 금실의 테두리 안으로
돌아 오기 위해
나는 또 한 이별을 갖는다.

牧丹꽃 피는 午後

그대 있는 쪽
바람이 와
湖水호수 되어
고이면서……

우리 둘 사이의 山산마루
쓰담는걸 쉬고
오늘은 그냥 와
湖水호수 되어 고이면서……

그 湖水호수 언덕에
山산 그늘이
둘의 걸로 깔리면서……

흠!
흠!
흠!
흠!
거기 피는 붉은 모란이

새 기침을 하면서……

아다지오調조로
아다지오調조로
山脈산맥은
네게로 줄다름쳐 가면서……

天地천지에 시간은
인제
금시 잠을 깬
네 두 눈의 눈깜작임이 되면서……

내 그대를 사랑하는 마음은

내 그대를 사랑하는 마음은
이것은 차마 벌써 말씀도 아닌,
말씀이 아닐것도 인제는 없는
구름 없는 하늘에 가 살고 있어요.

햇빛의 일곱 빛깔 타고 내려 와
구름 속에 묻히어 앉어 쉬다가
빗방울에 싸여서 山茱萸산수유에 내리면
山茱萸산수유꽃 피여서 사운거리고

山茱萸산수유꽃 떠러져 시드시어서
구름으로 날아가 또 앉아 쉬다
푸리즘의 무지개를 타고 오르면
구름 없는 하늘에서 다시 살아요.

피는 꽃

사발에 냉수도
부셔 버리고
빈 그릇만 남겨요.
아주 엷은 구름하고도 이별 해 버려요.
햇볕에 새 붉은 꽃 피어 나지만
이것은 그저 한낱 당신 눈의 그늘일 뿐,
두번쨴가 세번째로 접히는 그늘일뿐,
당신 눈의 작디 작은 그늘일 뿐이어니…….

우리님의 손톱의 분홍 속에는

우리님의
손톱의
분홍 속에는
내가 아직 못 다 부른
노래가 살고 있어요.

그 노래를
못 다 하고
떠나 올 적에
미닫이 밖 해어스럼 세레나드 위
새로 떠 올라오는 달이 있어요.

그 달하고
같이 와서
바이올린을 키면서
아무리 생각해도 생각 안 나는
G선의 멜로디가 들어 있어요.

우리님의

손톱의
분홍 속에는
前生전생의 제일로 고요한 날의
사둔댁 눈 웃음도 들어 있지만

우리님의
손톱의
분홍 속에는
이승의 빗바람 휘모는 날에
꾸다 꾸다 못 다 꾼
내 꿈이 서리어 살고 있어요.

古代的 時間

만일에
이 時間시간이
고요히 깜작이는 그대 속 눈섭이라면

저 느티나무 그늘에
숨어서 박힌
나는 한알맹이 紅玉홍옥이 되리.

만일에
이 時間시간이
날카로히 부디치는 그대 두 손톱 끝 소리라면

나는
날개 돋혀 내닷는
한개의 활살.

그러나
이 時間시간이
내 砂漠사막과 山산 사이에 느린

그대의 함정이라면

나는
그저 咆哮포효하고
눈 감는 獅子사자.

또
만일에 이 時間시간이
四十五分사십오분만큼식 쓰담던
그대 할아버지 텍수염이라면
나는 그저 막걸리를 마시리.

내 데이트 시간

내 데이트 시간은
인제는 순수히 부는 바람에
동으로 서으로 굽어 나부끼는
가랑나무의 가랑잎이로다.

그대 집으로 가는 길
도중에 섰는 갈대
그 갈대 위의 구름하고도
깨끗이 하직해 버린 내 데이트 시간은

이승과 저승 사이
그 갈대의 기념으로
내가 세운 절간의 법당에서도
아주 몽땅 떠나 와 버린 내 데이트 시간은,

인제는 그저 부는 바람 쪽
푸르른 배때기를
드러내고 나부끼는
먼 산 가랑나무 잎사귀로다.

小戀歌

머리에 石南석남꽃을 꽂고
내가 죽으면
머리에 石南석남꽃을 꽂고
너도 죽어서……
너 죽는 바람에
내가 깨어나면
내 깨는 바람에
너도 깨어나서……
한 서른 해만 더 살아 볼꺼나.
죽어서도 살아나서
머리에 石南석남꽃을 꽂고
한 서른 해만 더 살아 볼꺼나.

記憶

그 애는 육날메투릴 신고
손톱에는 모싯물이 들어 있었지.
고구려 때 모싯물이 들어 있었지.
그 애 손톱의 반달 속으로
저녁때 잦아들던 뻐꾹새 소리
나와 둘이 숨 모아 받아들이고,
그 애 손톱의 반달 속에서 다시 뻗쳐 나가는 뻐꾹새 소리
나와 둘이 숨 모아 뻗쳐 보내던
그 계집아이는…….

러시아 美女讚

하늘의 어느 이쁜 시골의
복숭아꽃 한 가지가
심심하여 사뿐이 내려온 듯이
여기 마스끄바 구석의 장터에 웅크리고 앉아
깊은 수풀에서 따온 山산딸기들을
너무나도 싼값으로 팔고 있나니
삼베빛깔의 숱 짙은 머리칼의
그립게는 아리따운 러시아의 美女미녀여.
깊은 바닷빛의 사랑어린 눈동자여.
그대 그 손톱들에 끼인 그 때를
더없이 맑은 물에
내 손수 며칠이건 씻어주고만 싶어라.

내 마음 속 우리님의 고은 눈섭을 즈문밤의 꿈으로 맑게 씻어서 하늘에다 옴기어 심어 놨더니 동지 섣달 나르는 매서운 새가 그걸 알고 시늉하며 비끼어 가네

「冬天」 중에서 _

3

연꽃 만나고 가는 바람같이

비밀한 내 사랑이
―먼 옛날에 아무도 안 듣는 곳에서 러시아제국의
  어느 여왕이 사뢰온 독백

비밀한 내 사랑이
안심치가 안해서요.
먼 바닷가의 상수리나무 밑에
묻어둔 궤짝 속의
토끼 속에 넣어서
숨겨놓아 두었에요.

그래도 그래도 안심치가 안해서요.
그 토끼의 뱃속에 집어넣은
한 마리 암오리의
뱃속의 알 속에다가
숨겨놓아 두었에요.

(러시아 민화 「女王여왕」을 읽고.)

自畵像

애비는 종이었다. 밤이기퍼도 오지않었다.
파뿌리같이 늙은할머니와 대추꽃이 한주 서 있을뿐이었
다.
어매는 달을두고 풋살구가 꼭하나만 먹고 싶다하였으
나…… 흙으로 바람벽한 호롱불밑에
손톱이 깜한 에미의아들.
甲午年갑오년이라든가 바다에 나가서는 도라오지 않는다
하는 外외할아버지의 숯많은 머리털과
그 크다란눈이 나는 닮었다한다.
스믈세햇동안 나를 키운건 八割팔할이 바람이다.
세상은 가도가도 부끄럽기만하드라
어떤이는 내눈에서 罪人죄인을 읽고가고
어떤이는 내입에서 天痴천치를 읽고가나
나는 아무것도 뉘우치진 않을란다.

찰란히 티워오는 어느아침에도
이마우에 언친 詩시의 이슬에는
몇방울의 피가 언제나 서꺼있어
볓이거나 그늘이거나 혓바닥 느러트린

80

병든 숫개만양 헐덕어리며 나는 왔다.

* 此一篇昭和十二年丁丑歲仲秋作. 作者時年二十三也.

花蛇

麝香_{사향} 薄荷_{박하}의 뒤안길이다.
아름다운 베암……
을마나 크다란 슬픔으로 태여났기에, 저리도 징그라운
몸둥아리냐

꽃다님 같다.
너의할아버지가 이브를 꼬여내든 達辯_{달변}의 혓바닥이
소리잃은채 낼룽그리는 붉은 아가리로
푸른 하눌이다. ……물어뜯어라. 원통히무러뜯어,

다라나거라. 저놈의 대가리 !

돌 팔매를 쏘면서, 쏘면서, 麝香_{사향} 芳草_{방초}ㅅ길
저놈의 뒤를 따르는 것은
우리 할아버지의안해가 이브라서 그러는게 아니라
石油_{석유} 먹은듯…… 石油_{석유} 먹은듯……가쁜 숨결이야

바눌에 꼬여 두를까부다. 꽃다님보단도 아름다운 빛……

크레오파투라의 피먹은양 붉게 타오르는 고흔 입설이
다……슴여라 ! 베암.

우리순네는 스믈난 색시, 고양이같이 고흔 입설……슴여
라 ! 베암.

歸蜀途

눈물 아롱 아롱
피리 불고 가신님의 밟으신 길은
진달래 꽃비 오는 西域서역 三萬里 삼만리.
흰옷깃 염여 염여 가옵신 님의
다시오진 못하는 巴蜀파촉 三萬里 삼만리.

신이나 삼어줄ㅅ걸 슳은 사연의
올올이 아로색인 육날 메투리.
은장도 푸른날로 이냥 베혀서
부즐없은 이머리털 엮어 드릴ㅅ걸.

초롱에 불빛, 지친 밤 하늘
구비 구비 은하ㅅ물 목이 젖은 새,
참아 아니 솟는가락 눈이 감겨서
제피에 취한새가 귀촉도 운다.
그대 하늘 끝 호을로 가신 님아

＊육날메투리는, 신 중에서는 으뜸인 메투리 중에서도 가장 아름
다운 조선의 신발이였느니라.

귀촉도는, 행용 우리들이 두견이라고도 하고 솟작새라고도 하고
접동새라고도 하고 子規자규라고도 하는 새가, 귀촉도……귀촉
도…… 그런 發音발음으로서 우는 것이라고 地下지하에 도라간 우리들
의 祖上조상의 때부터 들어온 데서 생긴 말슴이니라.

鞦韆詞
—春香의 말 壹

香丹향단아 그넷줄을 밀어라
머언 바다로
배를 내어 밀듯이,
香丹향단아

이 다수굿이 흔들리는 수양버들 나무와
벼갯모에 뇌이듯한 풀꽃뎀이로부터,
자잘한 나비새끼 꾀꼬리들로부터
아조 내어밀듯이, 香丹향단아

珊瑚산호도 섬도 없는 저 하눌로
나를 밀어 올려다오.
彩色채색한 구름같이 나를 밀어 올려다오
이 울렁이는 가슴을 밀어 올려다오!

西서으로 가는 달 같이는
나는 아무래도 갈수가 없다.

바람이 波濤파도를 밀어 올리듯이

그렇게 나를 밀어 올려다오
香丹향단아.

善德女王의 말씀

朕짐의 무덤은 푸른 嶺영 위의 欲界욕계 第二天제이천.
피 예 있으니, 피 예 있으니, 어쩔 수 없이
구름 엉기고, 비터잡는 데 —— 그런 하늘 속.

피 예 있으니, 피 예 있으니,
너무들 인색치 말고
있는 사람은 病弱者병약자한테 柴糧시량도 더러 노느고
홀어미 홀아비들도 더러 찾아 위로코,
瞻星臺첨성대 위엔 瞻星臺첨성대 위엔 그중 실한 사내를 놔
라.

살〔肉體육체〕의 일로써 살의 일로써 미친 사내에게는
살 닿는 것 중 그중 빛나는 黃金황금 팔찌를 그 가슴 위
에,
그래도 그 어지러운 불이 다 스러지지 않거든
다스리는 노래는 바다 넘어서 하늘 끝까지.

하지만 사랑이거든
그것이 참말로 사랑이거든

서라벌 千年천년의 知慧지혜가 가꾼 國法국법보다도 國法국법
의 불보다도
늘 항상 더 타고 있거라.

朕짐의 무덤은 푸른 嶺영 위의 欲界욕계 第二天제이천.
피 예 있으니, 피 예 있으니, 어쩔 수 없이
구름 엉기고, 비 터잡는 데 —— 그런 하늘 속.

내 못 떠난다.

* 善德女王선덕여왕은 志鬼지귀라는 者자의 女王여왕에 對대한 짝사랑
을 위로해, 그 누워 자는데 가까이 가, 가슴에 그의 팔찌를 벗어 놓은
일이 있다.

가을에

오게
아직도 오히려 사랑할 줄을 아는 이.
쫓겨나는 마당귀마다, 푸르고도 여린
門문들이 열릴 때는 지금일세.

오게
低俗저속에 抗拒항거하기에 여울지는 자네.
그 소슬한 시름의 주름살들 그대로 데리고
기러기 앞서서 떠나가야 할
섧게도 빛나는 외로운 雁行안항 —— 이마와 가슴으로 걸
어야 하는
가을 雁行안항이 비롯해야 할 때는 지금일세.

작년에 피었던 우리 마지막 꽃 —— 菊花국화꽃이 있던 자
리,
올해 또 새 것이 자넬 달래 일어나려고
白露백로는 霜降상강으로 우릴 내리 모네.

오게

지금은 가다듬어진 구름.
헤매고 뒹굴다가 가다듬어진 구름은
이제는 楊貴妃양귀비의 피비린내나는 사연으로는 우릴 가
로막지 않고,
휘영청한 開闢개벽은 또 한번 뒷門문으로부터
우릴 다지려
아침마다 그 서리 묻은 얼굴들을 추켜들 때일세.

오게
아직도 오히려 사랑할 줄을 아는 이.
쫓겨나는 마당귀마다, 푸르고도 여린
門문들이 열릴 때는 지금일세.

冬天

내 마음 속 우리님의 고은 눈섭을
즈문밤의 꿈으로 맑게 씻어서
하늘에다 옴기어 심어 놨더니
동지 섣달 나르는 매서운 새가
그걸 알고 시늉하며 비끼어 가네

蓮꽃 만나고 가는 바람같이

섭섭하게,
그러나
아조 섭섭치는 말고
좀 섭섭한듯만 하게,

이별이게,
그러나
아주 영 이별은 말고
어디 내생에서라도
다시 만나기로하는 이별이게,

蓮연꽃
만나러 가는
바람 아니라
만나고 가는 바람 같이……

엊그제
만나고 가는 바람 아니라
한 두 철 전
만나고 가는 바람 같이……

고요

이 고요 속에
눈물만 가지고 앉았던 이는
이 고요 다 보지 못하였네.

이 고요 속에
이슥한 삼경의 시름
지니고 누었던이도
이 고요 다 보지는 못하였네.

눈물,
이슥한 삼경의 시름,
그것들은
고요의 그늘에 깔리는
한낱 혼곤한 꿈일뿐,

이 꿈에서 아조 깨어난 이가
비로소
만길 물 깊이의
벼락의

향기의
꽃새벽의
옹달샘 속 금동아줄을
타고 올라 오면서
임 마중 가는 만세 만세를
침묵으로 부르네.

映山紅

영산홍 꽃 잎에는
山산이 어리고

山산자락에 낮잠 든
슬픈 小室宅소실댁

小室宅소실댁 툇마루에
놓인 놋요강

山산 넘어 바다는
보름 살이 때

소금 발이 쓰려서
우는 갈매기

외할머니네 마당에 올라온 海溢
——쏘네트 試作

외할먼네 마당에 올라온 海溢해일엔요.
예쉰살 나이에 스물한살 얼굴을 한
그러고 천살에도 이젠 안 죽기로 한
신랑이 돌아오는 풀밭길이 있어요.

생솔가지 울타리, 옥수수밭 사이를
올라 오는 海溢해일 속 신랑을 마중 나와
하늘 안 천길 깊이 묻었던델 파내서
새각시때 연지를 바르고, 할머니는

다시 또 파, 무더기 웃는 청사초롱에
불 밝혀선 노래하는 나무나무 잎잎에
주절히 주절히 매여달고, 할머니는

갑술년이라던가 바다에 나갔다가
海溢해일에 넘쳐오는 할아버지 魂身혼신 앞
열아홉살 첫사랑쩍 얼굴을 하시고

우리 데이트는
―善德女王의 말씀 2

햇볕 아늑하고
永遠영원도 잘 보이는 날
우리 데이트는 인젠 이렇게 해야지――

내가 어느 절간에 가 佛供불공을 하면
그대는 그 어디 돌塔탑에 기대어
한 낮잠 잘 주무시고,

그대 좋은 낮잠의 賞상으로
나는 내 金금팔찌나 한 짝
그대 자는 가슴 위에 벗어서 얹어 놓고,

그리곤 그대 깨어 나거던
시원한 바다나 하나
우리 둘 사이에 두어야지.

―― 우리 데이트는 인젠 이렇게 하지.
햇볕 아늑하고
永遠영원도 잘 보이는 날.

春香 遺文
—春香의 말 參

안녕히 계세요
도련님

지난 오월 단오ㅅ날, 처음 맞나든날
우리 둘이서 그늘밑에 서있든
그 무성하고 푸르든 나무같이
늘 안녕히 안녕히 계세요

저승이 어딘지는 똑똑히 모르지만
춘향의 사랑보단 오히려 더 먼
딴 나라는 아마 아닐것입니다

천길 땅밑을 검은 물로 흐르거나
도솔천의 하늘을 구름으로 날드래도
그건 결국 도련님 곁 아니예요?

더구나 그 구름이 쏘내기되야 퍼부을때
춘향은 틀림없이 거기 있을거에요 !

* 兜率天도솔천 — 佛敎불교의 欲界六天욕계육천의 第四天제사천.

뻐꾸기는 섬을 만들고

뻐꾸기
강을 만들고,
나루터를 만들고,

우리와 제일 가까운 것들은
나룻배에 태워서 저켠으로 보낸다.

뻐꾸기는
섬을 만들고,
이쁜 것들은
무엇이든 모두 섬을 만들고,

그 섬에단 그렇지
백일홍 꽃나무나 하나 심어서
먹기와의 빈 절간을……

그러고는 그 섬들을 모조리
바닷속으로 가라앉힌다.

만 길 바닷속으로 가라앉히곤
다시 끌어올려 백일홍이나 한 번 피우고
또다시 바닷속으로 가라앉힌다.

格浦雨中

여름 海水浴해수욕이면
쏘내기 퍼붓는 해 어스럼,
떠돌이 娼女詩人창녀시인 黃眞伊황진이의 슬픈 사타구니 같은
邊山변산 格浦격포로나 한번 와 보게.

자네는 불가불
水墨수묵으로 쓴 詩시줄이라야겠지.
바다의 짠 소금물결만으로는 도저히 안되어
벼락 우는 쏘내기도 맞아야 하는
자네는 아무래도 굵직한 먹글씨로 쓴
詩시줄이라야겠지.

그렇지만 자네 流浪유랑의 길가에서 만난
邪戀사련 男女남녀의 두어雙쌍,
또 그런 素質소질의 손톱의 반달 좋은 處女처녀 하나쯤을
붉은 채송화떼 데불듯 거느리고 와
이 雷聲뇌성 驟雨취우의 바다에 흩뿌리는 것은
더욱 좋겠네.
한줄 굵직한 水墨수묵글씨의 詩시줄이라야 한다는 것을

짓니기어져 짓니기어져 사람들은 결국
쏘내기 오는 바다에
이 세상의 모든 채송화들에게
豫行練習예행연습 시켜야지.

그런 龍墨용묵 냄새 나는 든든한 웃음소리가
제 배 창자에서
터져 나오게 해 주어야지.

모조리 돛이나 되어

失戀실연한 女弟子여제자가 〈落葉낙엽같다〉 줏어온 돌이
내 눈에는 돛 단 배의 돛만 같아서
〈돛〉이라 새 이름 부쳐 그네에게 돌리나니
사랑하는 사람들의 사랑의 落葉낙엽들이여
모조리 돛이나 되어 또 한번 떠 가자쿠나.

雨中有題

신라의 어느 사내 진땀 흘리며
계집과 수풀에서 그 짓 하고 있다가
떨어지는 홍시에 마음이 쏠려
또그르르 그만 그리로 굴러가버리듯
나도 이젠 고로초롬만 살았으면 싶어라.

쏘내기속 청솔 방울
약으로 보고 있다가
어쩌면 고로초롬은 될법도 해라.

쌈바춤에 말려서

브라질 리오데자네이로의 밤뒷골목의 쌈바춤은
사람들이 그렇게 추는 게 아니라,
하늘이 어찌다간 한번씩
驚風경풍난 쏘내기 마음이 되어
사람들 속에 숨어들어서
지랄 야단법석을 부리시는 거라.
더구나 그게 젊은 예편네 속에나 들어갈량이면
陰七月음칠월에 암내낸 소보다도 더 미치는 거라.
무지개를 뛰어 넘어다니는
소보다도 훨씬 더 미치는 거라.

余여도 지난 戊午年무오년 늦여름밤의 리오데자네이로에서
난생 처음으로 이 쌈바춤에 말려들어 봤는데,
나의 짝 —— 黑人흑인예편네가 하자는대로
한참을 껑충거리다보니 두 다리에 쥐가 나버려서
퍽지건히 바닥에 주저앉았드러니,
「애개개 요새끼! 머이 이따웃게 있어?」
하며, 내게 등을 두르고 돌아서서는
그녀 볼기짝 밑의 사타구니를

저의 할아버지뻘은 되는 내 코에
몽땅 바짝 들이대는데
야! 찐하기도 찐하기도 한 그 냄새의 罰벌이라니!

하눌도
이런 南美남미 리오데자네이로의 밤뒷골목 같은데 와선
이런 찐한 짓거리도 가끔은 시키며 노시는 거라.

이런 여자가 있었지

고요한 날
구석진 연못에 부는
산들바람에
피는 연꽃을 보고
단 한번
소리없이 숨어서
눈웃음 지어보려고만
이 세상에 생겨난
여자가 있었지.
남태평양의 웨스턴사모아의
아피아의 야자나무 뒤켠이던가
아니라도 그 어디엔가
이런 여자가 있었지.
있었지. 있었지.
있었지!

시월 상달

저 속비치는 핏빛 석류알 여섯 개를
저승의 왕한테서 얻어먹은 죄로
한해의 가을 겨울은 저승에 가 살기로 된
우리 가엾은 페르세포네가
노세 젊어서 노세를 노래부르며
또 한번 저승 나들이를 떠나니,

내 60년 전의 계집애친구 섭섭이도
시집가서 아들딸도 많이 낳고
손자손녀도 많이 두고 살더니만
웬일인지 이 달에는
나를 찾어 석류 한 개를 쥐어주고는
어화 넘세 어화 넘……
기분 좋게 꽃상여를 타고 가셨다.

…시방도 밝은 아침에 이는 솔바람 소리가 들리면 마을 사람들은 말해 오고 있읍니다. 하아 저런! 한물宅댁이 일찌감치 일어나 한숨을 또 도맡아서 쉬시는구나! 오늘 하루도 그렁저렁 웃기는 웃고 지낼라는 가부다고 ……

「石女한물宅의 한숨」중에서

4
무슨 꽃으로 문지르는 가슴이기에

復活

내 너를 찾아왔다……臾娜유나. 너참 내앞에 많이있구나 내가 혼자서 鍾路종로를 거러가면 사방에서 네가 웃고오는 구나. 새벽닭이 울때마닥 보고싶었다…… 내 부르는소리 귓가에 들리드냐. 臾娜유나, 이것이 몇萬時間만시간만이냐. 그 날 꽃喪阜상부 山산넘어서 간다음 내눈동자속에는 빈하눌만 남드니, 매만저 볼 머릿카락 하나 머릿카락 하나 없드니, 비만 자꾸오고…… 燭촉불밖에 부흥이 우는 돌門문을열고가 면 江강물은 또 몇천린지, 한번가선 소식없든 그 어려운 住 所주소에서 너무슨 무지개로 네려왔느냐. 鍾路종로네거리에 뿌우여니 흐터저서, 뭐라고 조잘대며 햇볓에 오는애들. 그 중에도 열아홉살쯤 스무살쯤 되는애들. 그들의눈망울속에, 핏대에, 가슴속에 드러앉어 臾娜유나! 臾娜유나! 臾娜유나! 너 인제 모두다 내앞에 오는구나.

무슨꽃으로 문지르는 가슴이기에
나는 이리도 살고 싶은가

빈 가지에 바구니만 매여두고 내 少女, 어디 갔느뇨

—吳一島오일도

아조 할수없이 되면 고향을 생각한다.

이제는 다시 도라올수없는 옛날의 모습들. 안개와같이 스러진것들의 形象형상을 불러 이르킨다.

귀ㅅ가에 와서 아스라히 속삭이고는, 스처가는 소리들. 머언 幽明유명에서처럼 그소리는 들려오는것이나, 한마디도 그뜻을 알수는없다.

다만 느끼는건 너이들의 숨ㅅ소리. 少女소녀여, 어디에들 安在안재하는지. 너이들의 呼吸호흡의 훈짐으로써 다시금 도라오는 내靑春청춘을 느낄따름인것이다.

少女소녀여 뭐라고 내게 말하였든것인가?

오히려 처음과같은 하눌우에선 한마리의 종다리가 가느 다란 피ㅅ줄을 그리며 구름에 무처 흐를뿐, 오늘도 굳이 다 친 내 前程전정의 石門석문앞에서 마음대로는 處理처리할수없 는 내 生命생명의 歡喜환희를 理解이해할따름인것이다.

*

섭섭이와 서운니와 푸접이와 순녜라하는 네名_명의少女_소
녀의뒤를 따러서, 午後_{오후}의山_산그리메가 밟히우는 보리밭
새이 언덕길우에 나는 서서 있었다. 붉고 푸르고, 흰, 傳說
_{전설}속의 네개의바다와같이 네少女_{소녀}는 네빛갈의 저고리를
입고 있었다.

하늘우에선 아득한 고동소리. ……순녜가 아르켜준 上帝
_{상제}님의 고동소리. ……네名_명의少女_{소녀}는 제마닥 한개ㅅ식
의 바구니를 들고, 허리를 굽흐리고, 차라리 무슨 나물을
찾는것이아니라 절을하고 있는것이었다. 씬나물이나 머슴
둘레, 그런것을 찾는것이 아니라 머언 머언 고동소리에 귀
를 기우리고 있는것이였다. 後悔_{후회}와같은 表情_{표정}으로 머
리를 숙으리고 있는 것이였다.

그러나 나에게는 잡히지아니하는것이였다. 발자취소리를
아조 숨기고 가도, 나에게는 붓잡히지아니하는것이었다.
淡淡_{담담}히도 오래가는 내음새를 풍기우며, 머슴둘레 꽃

포기가 발길에 채일뿐, 쌍긋한 찔레 덤풀이 앞을 가리울뿐 나보단은 더빨리 다라나는것이였다. 나의 부르는 소리가 크면 클스록 더멀리 더멀리 다라나는것이였다.

 여긴 오지 마…… 여긴 오지 마……

 애살포오시 웃음 지우며, 水流_{수류}와같이 네개의 水流_{수류}와같이 차라리 흘러가는것이였다.

 한줄기의 追憶_{추억}과 치여든 나의 두손, 역시 하늘에는 종다리새 한마리, —— 이런것만 남기고는 조용히 흘러가며 속삭이는것이였다. 여긴 오지마…… 여긴 오지 마…….

*

 少女_{소녀}여. 내가 가는날은 도라 오련가. 내가 아조 가는 날은 도라 오련가 막달라의 마리아처럼 두눈에는 반가운 눈물로 어리여서, 머리털로 내 손끝을 스치이련가.

*

그러나 내가 가시에 찔려 앓어헐때는, 네名명의少女소녀는 내곁에 와 서는 것이었다. 내가 찔레ㅅ가시나 새금팔에 베혀 앓어헐때는, 어머니와같은 손까락으로 나를 나시우러 오는것이였다.

손까락 끝에 나의 어린 피ㅅ방울을 적시우며, 한名명의少女소녀가 걱정을하면 세名명의少女소녀도 걱정을허며, 그 노오란 꽃송이로 문지르고는, 하연 꽃송이로 문지르고는, 빠 알안 꽃송이로 문지르고는 하든 나의傷상처기는 어찌면 그 리도 잘 낫는것이였든가.

정해 정해 정도령아
원이 왔다 門문열어라.
붉은꽃을 문지르면
붉은피가 도라오고.
푸른꽃을 문지르면
푸른숨이 도라오고.

117

*

少女_{소녀}여. 비가 개인날은 하늘이 왜 이리도 푸른가. 어데서 쉬는 숨ㅅ소리기에 이리도 똑똑히 들리이는가.

무슨 꽃으로 문지르는 가슴이기에 나는 이리도 살고싶은가.

*

멫포기의 씨커운 멈둘레꽃이 피여있는 낭떠러지 아래 풀밭에 서서, 나는 단하나의 精靈_{정령}이되야 내少女_{소녀}들을 불러 이르킨다.

그들은 역시 나를 지키고 있었든것이다. 내속에 네리는 비가 개이기만, 다시 그 언덕길우에 도라오기만, 어서 病_병이 낫기만을, 그옛날의 보리밭길 우에서 언제나 언제나 기대리고 있었든것이다.

*

내가 아조 가는날은 도라 오련가?

118

新婦

新婦신부는 초록 저고리 다홍치마로 겨우 귀밑머리만 풀리운 채 新郞신랑하고 첫날밤을 아직 앉아 있었는데, 新郞신랑이 그만 오줌이 급해져서 냉큼 일어나 달려가는 바람에 옷자락이 문 돌쩌귀에 걸렸읍니다. 그것을 新郞신랑은 생각이 또 급해서 제 新婦신부가 음탕해서 그 새를 못 참아서 뒤에서 손으로 잡아다리는 거라고, 그렇게만 알곤 뒤도 안 돌아보고 나가 버렸읍니다. 문 돌쩌귀에 걸린 옷자락이 찢어진 채로 오줌 누곤 못 쓰겠다며 달아나 버렸읍니다.

그러고 나서 四十年사십년인가 五十年오십년이 지나간 뒤에 뜻밖에 딴 볼일이 생겨 이 新婦신부네 집 옆을 지나가다가 그래도 잠시 궁금해서 新婦신부방 문을 열고 들여다보니 新婦신부는 귀밑머리만 풀린 첫날밤 모양 그대로 초록 저고리 다홍치마로 아직도 고스란히 앉아 있었읍니다. 안스러운 생각이 들어 그 어깨를 가서 어루만지니 그때서야 매운재가 되어 폭삭 내려앉아 버렸읍니다. 초록 재와 다홍 재로 내려앉아 버렸읍니다.

上里果園

꽃밭은 그향기만으로 볼진대 漢江水한강수나 洛東江上流낙동강상류와도같은 隆隆륭륭한 흐름이다. 그러나 그 낱낱의 얼굴들로 볼진대 우리 조카딸년들이나 그 조카딸년들의 친구들의 웃음판과도같은 굉장히 질거운 웃음판이다.

세상에 이렇게도 타고난 기쁨을 찬란히 터트리는 몸둥아리들이 또 어디 있는가. 더구나 서양에서 건네온 배나무의 어떤것들은 머리나 가슴팩이뿐만이아니라 배와 허리와 다리 발ㅅ굼치에까지도 이뿐 꽃숭어리들을 달았다. 맵새, 참새, 때까치, 꾀꼬리, 꾀꼬리새끼들이 朝夕조석으로 이많은 기쁨을 대신 읊조리고, 數十萬수십만마리의 꿀벌들이 왼종일 북치고 소구치고 마짓굿 올리는 소리를허고, 그래도 모자라는놈은 더러 그속에 묻혀 자기도하는것은 참으로 當然당연한 일이다.

우리가 이것들을 사랑할려면 어떻게했으면 좋겠는가. 무쳐서 누어있는 못물과같이 저 아래 저것들을 비취고 누어서, 때로 가냘푸게도 떨어져네리는 저 어린것들의 꽃닢사귀들을 우리 몸우에 받어라도 볼것인가. 아니면 머언 山산들과 나란히 마조 서서, 이것들의 아침의 油頭粉面유두분면과, 한낮의 춤과, 黃昏황혼의 어둠속에 이것들이 자자들어 돌아오는 ― 아스라한 沈潛침잠이나 지킬것인가.

　하여간 이 한나도 서러울것이 없는것들옆에서, 또 이것들을 서러워하는 微物미물하나도 없는곳에서, 우리는 서뿔리 우리 어린것들에게 서름같은 걸 가르치지말일이다. 저것들을 祝福축복하는 때까치의 어느것, 비비새의 어느것, 벌나비의 어느것, 또는 저것들의 꽃봉오리와 꽃숭어리의 어느 것에 대체 우리가 행용 나즉히 서로 주고받는 슬픔이란 것이 깃들이어 있단말인가.

　이것들의 초밤에의 完全歸巢완전귀소가 끝난뒤, 어둠이 우리와 우리 어린것들과 山산과 냇물을 까마득히 덮을때가 되거던, 우리는 차라리 우리 어린것들에게 제일 가까운곳의 별을 가르쳐 뵈일일이요, 제일 오래인 鍾종소리를 들릴일이다.

石女 한물宅의 한숨

아이를 낳지 못해 自進자진해서 남편에게 小室소실을 얻어
주고, 언덕 위 솔밭 옆에 홀로 살던 한물宅댁은 물이 많아서
붙여졌을 것인 한물이란 그네 親庭친정 마을의 이름과는 또
달리 무척은 차지고 단단하게 살찐 玉옥같이 생긴 女人여인
이었읍니다. 질마재 마을 女子여자들의 눈과 눈썹 이빨과 가
르마 중에서는 그네 것이 그 중 端正단정하게 이뿐 것이라
했고, 힘도 또 그 중 아마 실할 것이라 했읍니다. 그래, 바
람부는 날 그네가 그득한 옥수수 광우리를 머리에 이고 모
시밭 사이 길을 지날 때, 모시 잎들이 바람에 그 흰 배때기
를 뒤집어 보이며 파닥거리면 그것도 「한물宅댁 힘 때문이
다」고 마을 사람들은 웃으며 우겼읍니다.

그네 얼굴에서는 언제나 소리도 없는 옛비식한 웃음만이
玉속에서 핀 꽃같이 벙그러져 나와서 그 어려움으론 듯 그
쉬움으론 듯 그걸 보는 男女老少남녀노소들의 웃 입술을 두루
위로 약간씩은 비끄러올리게 하고, 그 속에 웃 이빨들을 어
쩔 수 없이 잠깐씩 드러내놓게 하는 莫强막강한 힘을 가졌었
기 때문에, 그걸 당하는 사람들은 힘에 겨워선지 그네의 그
웃음을 오래 보지는 못하고 이내 슬쩍 눈을 돌려 한눈들을
팔아야 했읍니다. 사람들뿐 아니라, 개나 고양이도 보고는

그렇더라는 소문도 있어요. 「한물宅댁같이 웃기고나 살아라」 모두 그랬었지요.

그런데 그 웃음이 그만 마흔 몇 살쯤하여 무슨 지독한 熱病열병이라던가로 세상을 뜨자, 마을에는 또 다른 소문 하나가 퍼져서 시방까지도 아직 이어 내려오고 있읍니다. 그 한물宅이 한숨 쉬는 소리를 누가 들었다는 것인데, 그건 사람들이 흔히 하는 어둔 밤도 궂은 날도 해어스럼도 아니고 아침 해가 마악 올라올락말락한 아주 밝고 밝은 어떤 새벽이었다고 합니다. 그리고 그것은 그네 집 한 치 뒷산의 마침이는 솔바람 소리에 아주 썩 잘 포개어져서만 비로소 제대로 사운거리더라고요.

그래 시방도 밝은 아침에 이는 솔바람 소리가 들리면 마을 사람들은 말해 오고 있읍니다. 「하아 저런! 한물宅댁이 일찌감치 일어나 한숨을 또 도맡아서 쉬시는구나! 오늘 하루도 그렁저렁 웃기는 웃고 지낼라는 가부다」고……

몽블랑의 神話신화

新婦신부와 新郎신랑이 겨울 몽블랑 山산속으로 新婚旅行신혼여행을 왔었는데요. 가파른 어느 낭떠러지에서 新郎신랑이 失足실족하여 미끄러져 내려가 버린 것이 아무리 찾아보아도 영 눈에 띄질 안했읍니다. 몽블랑의 山神女산신녀가 그 新郎신랑이 탐나서 그런 거라고 사람들은 말하기도 합지요만은……

해가 바뀌도록 찾고 찾고 또 찾았지만 新郎신랑의 모양은 어느 바위틈에도, 흙위에도, 냇물 속에도, 아무 데도 나타나 보이질 안해, 新婦신부는 할 수 없이 이 몽블랑 山산골에 草幕초막을 엮어 살며, 그를 찾아 기다리노라 한해가 가고, 두해가 가고, 다섯해가 가고, 열해가 가고, 여러 十年십년의 세월이 첩첩이 흘러서 드디어는 파뿌리빛 머리털의 할마씨가 되어 버리고 말았읍니다.

그러다가 어느 초봄 山산골의 눈녹이 때의 일인데요. 눈녹은 물이 새로 흘러내리는 어느 골짜기의 개울가에서 新婦신부는 그 물속에 잠기어 떠내려오고 있는 그네의 新郎신랑을 겨우 다시 보게는 됐는데, 그건 하도나 오랜만이라서 숨결이사 날라간지 오래였지만, 이상하게도 얼굴이나 머리털이나 살결의 젊음은 그때 新婚신혼때 그대로더라구요.

몽블랑山산의 중턱부터 위에는 一年일년 내내 눈에 덮여 꽁꽁 얼어 있으니, 新郞신랑은 그 어디 바위 사이에 걸려 冷藏냉장되어 있다가, 여러 十年십년 만의 異常暖春이상난춘의 드문 氣溫기온에 풀려 흘러 내려온 것이리라고. 사람들은 말씀을 하기도 하고, 또 「아닐거다. 그건 몽블랑의 山神女산신녀의 짓일 것이다」고 하기도 합지요만은……

* 스위스와의 국경 가까이 있는 프랑스의 몽블랑 山脈산맥의 山峯산봉은 4천 몇백 미터 되는 것으로, 그 3천 몇백까지는 케이블카가 오르내리고 있다. 이곳 산골들은 아주 한가하고 고요하고 깨끗해서, 우리나라 靑年청년 하나도 한동안 여기 살며 山산을 타다가 年前년전에 조난당해 不歸불귀의 客객이 되기도 했다. 이 詩시에서 다룬 이얘기는 이 산골의 口傳구전의 傳說전설로 전해져 오고 있는 것이다.

그 애가 물동이의 물을 한 방울도
안 엎지르고 걸어왔을 때

    그 애가 샘에서 물동이에 물을 길어 머리 위에 이고 오는
것을 나는 항용 모시밭 사잇길에 서서 지켜보고 있었는데
요. 동이 갓의 물방울이 그 애의 이마에 들어 그 애 눈썹을
적시고 있을 때는 그 애는 나를 거들떠보지도 않고 그냥 지
나갔지만, 그 동이의 물을 한 방울도 안 엎지르고 조심해
걸어와서 내 앞을 지날 때는 그 애는 내게 눈을 보내 나와
눈을 맞추고 빙그레 소리 없이 웃었읍니다. 아마 그 애는
그 물동이의 물을 한방울도 안 엎지르고 걸을 수 있을 때만
나하고 눈을 맞추기로 작정했던 것이겠지요.

아일랜드의 두 사랑

1. W.B. 예이츠의 사랑

한 處女쳐녀 사랑했다가 그 處女쳐녀 시집 가서
20年년 相思病상사병으로 하눌땅에 뒹굴다가,
그 處女쳐녀가 낳은 딸이 그 處女쳐녀를 닮아서
50인지 60인지 제나이도 잊고서
그딸 이어 사랑하여 그 곁을 맴돌며,
「너도 내 마음을 알아줄 수 없냐?」며
또 채어선 채인대로 시늠시늠하다가,
저승으로 저승으로 끝도 없는 저승으로
비척 비척 발걸음 옮겨 들어가 버리고 만
예이츠! 예이츠! 윌리엄 버틀러 예이츠!
당신 참 대단히는 사랑하던 詩人시인이여!
愛蘭애난 하눌 삼삼한 게 그대 때문이로다.

2. 어떤 아일랜드 貴公子귀공자의 사랑의 告白고백

이 天地천지에서 제일 이쁜 엄마를 나는 제일 좋아했는데
요. 엄마는 무엇 때문인지 서방질을 해서 아버지한데 쫓겨

나고 나처럼 그네를 사랑하던 아버지는 미치광이 떠돌이가 돼버렸어요.

도깨비 잘 나오는 城성과 집들이 달린 몇 千萬坪천만평의 우리 莊園장원에서 아빠와 엄마는 다 떠나버리고, 나와 내 兄형 둘이서 孤兒고아로 자랐는데, 相續者상속자인 내 兄형이 또 무슨 病병으로 죽어버려서, 여기서 아주 사라진 뒤엔, 소르본느의 哲學大學生철학대학생 나 혼자 여기 남아 四時長天사시장천 밤낮으로 앉아서 있었지요.

제 눈을 좀 보세요. 쓸쓸했던 게 몇萬만길인지요?

저는 장가 가는 걸 작파하기로 했어요. 내 아버지보다도 더 못견딜 것 같아서요.

그러구 나서는 저는 쓸쓸한 게 어려우면 各國각국의 女子여자들을 한달만큼에 하나씩은 갈아들이지요. 英國女子영국여자, 佛蘭西女子불란서여자, 스페인女子여자, 印度女子인도여자, 日本女子일본여자, 또 아프리카의 깜둥이색시까지도……

그런데 아직도 영 보이지 않아요. 언제나 서방질 안하고, 나와 둘이서만 죽도록까지 사랑할 수 있는 女子여자가 나타날 것인지……

눈 씻고 볼래야 어디 보여요?

*　1978년 6월 16일 나는 아일랜드의 젊은 詩人시인인 내 친구 리
처드 라이언 君군의 안내로 W.B. 예이츠가 살던 집을 잠시 둘러보면
서 그 예이츠의 二代이대에 걸쳤던 사랑의 이얘기를 라이언 君군에게
서 들었다.

　뿐만 아니라 그날 밤 그의 친구인 어떤 백작 三世삼세의 莊園장원
만찬에 초대되어, 마침 한 일본 여자와 잠시 동거중인 아주 잘 생긴
서러운 얼굴의 壯年장년 총각인 主人주인을 만나 보고 신비하게 느끼
고 있었는데, 뒤에 라이언 君군의 말을 들으니, 그는 이 詩시에 보이
는 그대로의 人生인생을 살아온 사람이었다.

北間島의 청년 영어교사 金鎭壽翁

일본식민지 시절의 우리나라에서는
슬픔이 기쁨인 얼굴을 하고 사는 사람도 꽤나 많기는 했
지만
北間島북간도라 恩律中學校은율중학교의 영어교사 金鎭壽김진
수처럼
그게 그 조용한 극치를 이루고 있던 사람은
나는 난생 처음 보았다.

그래 내가 翁옹이라는 존칭을 붙여주었던 金鎭壽김진수는
그 호주머니 여유가 있는 저녁은
나를 그 방바닥이 뜨신 滿洲만주냉면집으로 불러
다모토리 쐬酒주 노나 마시며 웃고만 있었는데,
그건 너털웃음이 아니라 그냥 미소였지만
그건 좋은 냉면의 원료인 그 모밀꽃밭만 같아서
이게 슬픔인지 기쁨인지를
나로서는 도무지 식별할 수가 없었다.

지금은 저승에 드신 지 오래인 金鎭壽김진수.
발표도 할 줄 모르는 〈드라마〉만 쓰고 있던

우리 〈드라마〉의 總角총각시인 金鎭壽김진수.
그 냉면의 원료인
純순모밀꽃밭만 같던 그대의 그 잔잔한 미소
인제는 거기 갔으니
저승도 지금은 좀 위로는 되겠다.

* 다모토리 : 독한 燒酒소주를 말하는 함경도, 北間島북간도 사투리.

대나무 통 속에다 넣어 둔
愛人의 넋에
——그 통을 가진 어느 黃海가 出身의 사내가 말하기를

제 목숨처럼 사랑하던 女子여자가 그만 꿀컥 숨넘어가 죽으면, 그 숨결일랑 어디에다가 담아 가지고 다니는 게 그 중 좋으료? 깨끗한 남녘 시골의 밋밋한 대수풀의 큰 대나무의 그 대나무 통 속에다 담아 가지고 다니는 게 좋지 안 하료? 그 대나무 통을 가슴에다 꾸리고 헤매다니며 가끔 가끔은 수다스런 사람들이 안 보일 때에 그 대나무 통 속의 그 愛人애인의 숨결을 불러 내서 이야기하고 이야기하는 게 좋지 안 하료? 혹시라도 이런 비밀도 지켜 줄 줄도 아는 金庾信 將軍김유신 장군 같은 사람이나 만나거들랑 그런 사람의 집에선 一宿泊일숙박도 하여 가며, 愛人애인아! 東海동해 바닷 속에서 내가 건져 낸 듯이 東海동해 바닷가에서 만나 살던 愛人애인아! 西서쪽으로 西서쪽으로 내 故鄕고향으로 가면서 요로코롬 가는 것이 좋지 않으료?
　　　　　　　　　　——『大東韻玉대동운옥』 卷九권구.

* 原文원문에 보이는 竹筒죽통 속의 女子여자의 넋의 數수는 二人이인으로 되어 있지만, 하나라야만 할 것 같아, 이건 내가 고쳐서 썼다.

영원의 사랑

이 숭 원(서울여대 교수. 문학비평가)

클레오파트라의 코가 한 치만 낮았더라면 인간 역사가 달라졌을 것이라는 말이 있다. 이 말이 암시하는 것처럼 남녀 간의 사랑은 인간 역사에 큰 변화를 가져올 정도로 인간사의 중요한 자리를 차지하고 있다. 그래서 예로부터 사랑을 주제로 한 많은 글들이 쓰여졌고 앞으로도 수다한 글이 쓰여질 것이다. 시는 인간의 감정을 표현하기 때문에 사랑을 노래한 작품들이 아주 많아서 연시戀詩의 전통이 수립되어 있을 정도이다. 인류 역사에 존재하는 많은 시인 중 사랑에 대한 시를 한편도 쓰지 않은 사람은 아마도 없을 것이다.

한국 현대시사의 뚜렷한 산맥을 이룬 서정주 시인도 그의 초기시에서부터 남녀의 사랑을 소재로 한 시를 많이 써 왔다. 60년이 넘는 그의 시작詩作 과정을 통해 사랑의 의미와 태도, 표현방법 등은 많은 변화를 보여 왔지만 사랑에 대한 관심은 노년의 작품에까지 지속되고 있다.

그의 초기시에 나타난 사랑은 대체로 관능적이고 육체적인 사랑의 모습을 보여준다. 『화사집』을 낼 당시 젊음의 절정에 선 20대의 서정주 시인은 삶의 고뇌와 청춘의 몸부림을 서구적 이미지로 드러내면서 그것과 부합하는 관능적, 육체적 사랑의 양상을 표현하였던 것이다. 그의 초기시 중 「대낮」을 보면 첫연이 "따서 먹으면 자는 듯이 죽는다는/붉은 꽃밭 사이 길이 있어"로 시작된다. 여기서의 붉은 꽃밭은 아름다움과 죽음이라는 이중적 의미를 지니고 있다. 이것은 성서에 나오는 금단의 열매를 연상시킨다. 무엇을 하지 말라는 금지의 명령은 그것을 해 보고 싶은 충동을 불러일으킨다. 그리고 금지의 대상은 대체로 대단한 고혹성蠱惑性을 지니고 있어서 사람을 유인하는 힘을 지닌다. 그렇기 때문에 금기는 더 큰 욕망을 불러일으킨다. 그리고 금기의 파괴는 추방, 육체적 구속, 죽음 등의 형벌로 이어진다.

서정주 초기시의 사랑의 유혹은 금기와 욕망의 이중성을 드러낸다. 사랑은 흔히 금기를 동반한다. 가령 귀족의 딸을 평민의 아들이 사랑해서는 안 된다든가, 미혼 남녀 사이의 육체적 접촉은 불결한 것으로 금한다든가, 기혼 남녀의 사랑은 부정한 것으로 금기시한다든가 하는 것이 그것이다. 그런데 불처럼 타오르는 사랑의 충동은 금기를 깨뜨리게 되고 금기의 파괴로 인해 인간은 고통을 받게 된다. 1930년대 후반의 봉건적 사회환경 속에서 남녀의 자유로운 육체적 사랑은 당연히 이단시되고 금기시되었을 것이다. 따라서 육체적 사랑의 길이 '따서 먹으면 죽는다는 붉은 꽃밭 사이 길'로 묘사된 것은 당연한 일이었다.

한편 육체적 사랑의 행위를 상징적으로 해석하면 그것은 성적 충동의 소멸, 즉 죽음을 의미한다. 실제로 동물이나 곤충 중에는 수컷의 사정이 끝나면 죽어버리거나 암컷에게 잡혀먹히는 경우가 있다. 육체적 사랑의 상징성은 여성의 죽음보다는 남성의 죽음을 내포하게 된다. 여성은 남성의 사정에 의해 남성의 정자를 받아들이고 임신을 하게 되지만 남성은 사정이 끝나면 자기의 것을 여성에게 내준 채 무기력하게 위축되고 만다. 서정주의 초기시에는 여성 쪽에서 오히려 능동적으로 나오는 장면이 많은데 이것도 여성이 지닌 성적 능력의 무의식적 투사로 볼 수 있다. 말하자면 육체적 접촉이 끝나면 무력하게 주저앉아 버리는 남성을 따라오라고 부르고 땅 위에 엎드리게 하는 존재가 바로 여성으로 설정된 것이다.

이러한 육욕의 사랑은 당시 서정주가 심취했던 보들레르의 시에 영향을 받은 것인 듯한데 그는 여기에 머물지 않고 동양적 정한의 사랑으로 자기 시의 정조를 개척해 갔다. 그래서 두번째 시집 「귀촉도」 이후의 시편들은 정신적 사랑에 관심을 보이고 마음에서 마음으로 근근이 이어지는 안타까운 사랑에 깊은 눈길을 보내게 된다. 예컨대 진정한 사랑의 만남을 위해서는 푸른 은하물의 거리를 둔 이별의 시간과 간절한 기다림의 나날이 있어야 한다는 「견우의 노래」라든가, 다시 오지 못하는 죽음의 길로 떠난 님을 애타게 부르며 마음속 깊은 회한을 되씹는 「귀촉도」의 세계가 그것이다. 이 당시 그가 지닌 사랑의 내면성을 단순하면서도 아름답게 표현한 작품이 바로 「푸르른 날」이다.

눈이 부시게 푸르른 날은
그리운 사람을 그리워 하자

저기 저기 저, 가을 꽃 자리
초록이 지쳐 단풍 드는데

눈이 나리면 어이 하리야
봄이 또오면 어이 하리야

내가 죽고서 네가 산다면!
네가 죽고서 내가 산다면?

눈이 부시게 푸르른 날은
그리운 사람을 그리워 하자

「푸르른 날」 전문

이 시는 ㄹ, ㄴ, ㅇ 등의 유성음이 반복되면서 부드럽고 유

장한 운율미를 만들어내는데 그 운율미는 사랑의 마음이 굽이쳐 흐르는 양태를 그대로 형상화한다. 따라서 이 시를 몇 번 낭독하면 그 아름다운 운율미에 사랑을 생각하지 않았던 사람조차 사랑의 감정을 느낄 정도이다. 시인은 아름다운 운율의 해조를 바탕으로 순연하면서도 애틋한 사랑의 감정을 펼쳐낸다. 눈이 부시게 푸르른 날, 잡티라고는 하나 없는 그 순수하고 드맑은 날, 소금과 장작을 걱정한다든가 출세의 권좌를 꿈꾸는 것은 어울리지 않는 일이다. 그 순연한 하늘의 모습에 가장 잘 부응하는 일은 그리운 사람을 그리워하는 일이다. 사랑이란 그만큼 아름답고 순수한 상태에서 자연스럽게 우러나는 감정이다. 눈이 부시게 푸르른 날 하늘을 우러르면 사랑하는 사람을 만나고 싶고 사랑하는 사람이 없는 사람도 새로 사랑하고 싶은 충동이 이는 것이 사실이다.

그러면 그 다음에 이어지는 2, 3, 4연의 내용은 무엇인가? 저기 가을 꽃이 피었던 자리는 어느덧 꽃이 떨어지고 빛나던 초록이 사라지면서 단풍이 물든다. 시간은 이렇게 계속 흘러간다. 오늘의 이 푸르른 날도 내일 어떻게 변할지 알 수 없다. 지금은 초록이 지쳐 단풍 들지만 단풍 든 다음에는 눈이 내리고 눈이 그치면 봄이 올 것이다. 세월은 이렇게 덧없이 흘러간다. 그러한 세월의 흐름 속에 나나 네가 먼저 죽을 수도 있을 터인데 그것은 상상하기조차 싫은 일이다. 이렇게 세월의 흐름이 무상하므로 오늘처럼 하늘이 푸르른 날은 그리운 사람을 그리워할 수밖에 없는 것이다.

그런데 여기에는 세월의 무상함을 마음으로 넘어서 보고자 하는 뜻도 내포되어 있는 듯하다. 세월의 무상한 흐름 속에 그리운 사람을 그리워한다면 그것이 하늘이 푸르른 날에만 행해질 이치가 없다. 단풍이 눈부시게 물든 날, 눈이 새하얗게 내린 날, 봄빛이 피어오는 날, 그 어느 날에도 그리운 사람을 그리워하는 마음은 솟아오를 것이다. 세월의 무량한 흐름 속에 그리움과 사랑은 계속 이어갈 것이니 사랑은 영원하다는 뜻이 여기 내포되어 있는 것이고 그 사랑의 영원함은 시간의 덧없음을 초월하게 하는 동력이 될 것이다.

서정주 시의 사랑은 여기서부터 영원함을 추구하게 된다. 그 사랑의 영원함에 정서적 토대를 마련해 준 것은 처음에는 동양적 정한의 세계관이었지만 그것은 나중에 불교적 세계관을 수용함으로써 더욱 의젓한 풍모를 갖추게 된다. 예를 들어 「쑥국새 타령」의 경우 이것은 민속 설화에 바탕을 둔 것이므로 정한의 영원함이 정조의 기반을 이룬다. 이 시는 나무꾼과 선녀 설화에서 취재한 것이다. 이 시의 화자는 아내를 잃어버린 남자인데 그는 아이를 데리고 하늘로 달아난 아내를 생각하며 울다가 결국엔 딸꾹질로 바스라져 가루가 될 것이라고 말한다. 그렇게 가루가 되어 날다가 네가 목욕하는 곳에까지 날아가 벗어놓은 옷에 달라붙게 될 것이다. 그러니 너는 옛 살던 정분을 생각해서

옷을 너무 털지 말고 입어서 그저 네 옷의 어디쯤에 붙어 있게나 해달라고 호소하고 있다. 죽어서 가루가 되어서라도 사랑하는 사람 가까이 존재하고 싶다는 처절한 사랑의 발원에는 정한의 정조가 짙게 물들어 있다.

이 정한의 정조에 불교적 세계관, 그 중에서도 윤회의 이법이 발을 들여놓게 되면서 사랑의 영원함은 더욱 뚜렷한 윤곽과 든든한 터전을 마련하게 된다. 윤회전생과 관련된 재생의 장면은 「화사집」에 실린 그의 초기시 「부활」에 벌써 나타나고 있다. 이 시의 화자는 '臾娜유나'라는 여자를 찾아왔는데 종로 거리를 오니 사방에서 네가 웃고 온다고 말한다. 시의 문맥에 의하면 꽃상여가 산 너머로 간 다음에는 그녀를 볼 수 없었고 몇 만 시간이 지난 다음 지금에야 볼 수 있게 되었다고 한 것으로 보아 그녀는 죽은 여자이고 죽은 여자의 환상을 지금 종로 거리를 걷는 내가 보고 있는 것이다. 물론 여기서의 부활이 불교의 윤회사상에 바탕을 둔 전생轉生의 이미지는 아니지만 과거의 죽은 여자가 현재의 상황 속에 나타난다는 점에서 사랑이 영원히 이어지는 것을 상정한 것은 확인할 수 있다.

불교적 세계관에 바탕을 둔 사랑의 영원함이 뚜렷한 윤곽으로 형상화된 것은 「춘향유문」이다. 거기서 죽음의 세계로 떠나는 춘향은 도련님에게 작별의 인사말을 한다. 도련님은 이 작별이 죽음과 삶의 세계로 완전히 단절된다고 생각하는 데 비해 춘향은 죽음을 넘어선 존재의 영속성과 사랑의 면면함을 이야기한다. "저승이 어딘지는 똑똑히 모르지만/춘향의 사랑보다 오히려 더 먼/딴 나라는 아마 아닐 것"이라고 춘향은 분명히 말하고 있다. 요컨대 춘향의 사랑은 아무리 먼 저승이라도 그것을 넘어서는 시간적 공간적 무한성을 지니고 있다는 뜻이다.

이렇게 단적으로 사랑의 무한함을 표명한 춘향은 물의 상상력을 통하여 자신이 지닌 사고의 내용을 펼쳐보인다. 물론 이 상상적 표현은 시인 서정주에 의해 창조된 것이다. 사람이 죽어 흙에 묻히면 육체의 상당 부분은 수분으로 빠져나간다. 그 수분은 땅밑으로 스며들어 지하수가 되어 그야말로 '검은 물'로 흐를 것이다. 지하수가 지표에 드러나 강물로 합수되면 그것은 태양 광선에 의해 증발되어 하늘로 올라간다. 하늘로 올라간 물의 분자는 자기들끼리 응집하여 구름이 된다. 그리고 구름끼리 부딪쳐 전기 충돌을 일으키면 구름은 비를 뿌리게 된다. 지상에 내린 비는 강물과 수증기와 구름과 비의 윤회를 거듭하게 된다. 이처럼 춘향의 사랑도 결국은 이 우주의 테두리 안에 계속 윤회하며 머물러 있을 터이니 춘향은 도련님 곁을 아주 떠나는 것이 아니라 결국은 도련님 곁에 영원히 머물게 된다는 것이 이 시가 지닌 의미의 요체다.

지상의 삶을 초월한 영원한 사랑을 수용하기 위해서는 현세의 사랑에 집착해서는 안 된다. 즉 상대가 죽은 다음에 젊은 여자들의 모습에서 그대의 환영을 보거나 이승의 사랑을 거두고 검은 땅밑과 도솔천의 하늘에 이르는 우주적 사랑을 체험하기 위해서는 지상의 삶에만 집착하는 편협한 시야에서 벗어나야 한다. 우주 전체의 윤회 속에 인간의 삶을 성찰하면서 마음의 유구함을 깨닫고 사랑의 영원함을 인지해야 하는 것이다. 그러기 위해서는 현세적 욕망의 집착에서 벗어나야 한다. 「인연설화조」라는 시는 바로 이러한 현세적 욕망에서 벗어난 만남이 어떠한 것인가를 보여주고 있다. 언젠가 한송이 모란꽃으로 피어난 나를 한 예쁜 처녀가 마주 보고 살았다. 그 후 오랜 세월이 흐르면서 죽음과 삶이 교차되다가 결국 현세에서는 처녀가 모란꽃이 되고 나는 모란꽃을 바라보는 존재가 되어 다시 만나게 된다.

이러한 만남의 과정은 일견 환상적인 비현실성을 드러낸다. 그러나 인간과 자연 현상 전체를 이러한 눈으로 바라보면 우리는 아주 커다란 사랑의 마음을 얻게 된다. 산에 핀 꽃은 물론 길에 굴러 다니는 돌멩이 하나도 나와 소중한 인연을 맺은 존재로 다가오는 것이며 지금 내가 맺은 사람과의 인연도 세세생생에 이어질 끊을 수 없는 관계로 인식되는 것이다. 사람과의 사소한 만남이 이런 정도라면 사랑하는 사람과의 만남은 상상을 초월한 인연으로 결속되어 있을 것이다. 지금 사랑하는 사람과 설사 헤어지게 된다 하더라도 그 인연이 보통이 아니므로 세세생생 어떤 형태로든 그 사람과 나는 다시 만나게 되어 있다. 억지로 사랑하려고

애쓰지 않아도 자연스럽게 사랑하는 관계로 다시 만나게 되는 것이다. 따라서 우리는 지금의 상황에 집착하여 사랑 때문에 울고 웃으며 몸부림을 칠 필요가 없다. 저 아득한 과거와 아득한 미래를 포섭하는 시각으로 현세의 사랑을 여유있게 바라볼 필요가 있는 것이다.

「님은 주무시고」라든가 「우리 데이트는」 등의 시를 보면 이러한 비집착의 영원한 사랑이 잘 형상화되어 있는 것을 알 수 있다. 사랑하는 그대와 나 사이에 시원한 바다를 하나 두고 은근한 사랑의 불씨를 지속해 갈 때 영원한 사랑의 공간이 마련된다. 부활과 재생이 현세에서의 육신적 재생으로 나타나는 것이 아니라 우주 공간의 영원한 윤회전생 속에 마음의 이어짐으로 나타난다는 생각은 지금과 같은 초고속 첨단과학의 시대에 지극히 고루한 것으로 비칠지 모른다. 그러나 바로 이러한 동양적 사랑의 정신이 우리 시대가 직면한 비인간화의 위험성을 방어해 주고 완충해 줄 중요한 동력으로 작용할 수 있다. 현세적 안일에만 집착하는 과학적, 경제적, 수치적 사고에서 벗어나 비과학적이고 비경제적인 마음의 영원성에 눈을 돌릴 필요가 있는 것이다. 누구도 예측할 수 없는 21세기의 변화 속에서 우리가 어떤 위기를 맞이했을 때 그것을 돌파할 수 있는 예지가 거기서 발현될 것이라는 예감을 우리는 갖고 있다. *

인 지

견우의 노래

초판인쇄 · 1997년 10월 21일
초판 1쇄 · 1997년 10월 28일
초판 2쇄 · 1997년 12월 1일

지은이 · 서정주
펴낸이 · 최정헌
펴낸곳 · 좋은날
주소 · 서울시 서대문구 충정로 3가 8-5호 동아 아트 1층
전화번호 · 392-2588~9
팩시밀리 · 313-0104

등록일자 · 1995년 12월 9일
등록번호 · 제 13-444호

값은 표지 뒷면에 있습니다.
ISBN 89-86894-10-6 03810
*잘못된 책은 바꿔 드립니다.